Discover the adventures of Jo Bonobo, Prisca Orca and their friends!

In 2016, the Jarvin Crew launched a challenge: create a collection of books to teach children to protect the planet while having fun! Supported by several associations and winners of many prizes, our books are trilingual to reach as many children as possible in the world. Happy reading!

Découvrez les aventures de Jo Bonobo, Prisca Orca et leurs amis !

En 2016, le Jarvin Crew s'est lancé un défi : réaliser une collection de livres pour apprendre aux enfants à protéger la planète en s'amusant ! Soutenus par des associations et récompensés par de nombreux prix, nos livres sont trilingues car ils s'adressent aux enfants du monde. Bonne lecture !

¡Descubre las aventuras de Jo Bonobo, Prisca Orca y sus amigos!

En 2016, Jarvin Crew asumió un reto: publicar una colección de libros infantiles para enseñar a los niños a proteger el planeta al mismo tiempo que se divierten. Gracias a la colaboración de diferentes asociaciones, y avalados por varios reconocimientos, nuestros libros son trilingües, porque están dirigidos a los niños del mundo.
¡Feliz lectura!

Meet the Jarvin Crew

Benjamin

Alexia

Vincent

JARVIN CREW

Tristan

Agathe

Loraine

Cyrielle

Join the Crew and discover more surprises on:
Rejoignez l'équipage et découvrez des surprises sur :
Únete al equipo y descubre más sorpresas en:

www.JarvinCrew.com
facebook.com/jarvincrew

Nathalie

Jo's
FAMILY

Jo's FAMILY

LA FAMILLE DE JO
LA FAMILIA DE JO

WORLD MAP
ARCTIC OCEAN
PRISCA ORCA
2
ROXANA
NORTH AMERICA
ATLANTIC OCEAN
AFRIC
CARLOS
4
PACIFIC OCEAN
SOUTH AMERICA
ATLANTIC OCEAN

EUROPE
ASIA
PACIFIC OCEAN
JO BONOBO
INDIAN OCEAN
OCEANIA
SOUTHERN OCEAN
N
W
S

Today, Jo Bonobo is overjoyed. His friend Ysée Chimpanzee is coming to see him! Ysée is very brave and quite playful too. Jo Bonobo loves to play with her at pirates even if Ysée always wins.

Aujourd'hui, Jo Bonobo est très excité car son amie Ysée Chimpanzé lui rend visite. Elle est très courageuse et un peu farceuse. Jo Bonobo adore jouer avec elle aux pirates même si c'est toujours Ysée qui gagne.

Hoy, Jo Bonobo está muy contento. ¡Su amiga Ysée Chimpancé viene a visitarlo! Ysée es muy valiente y algo bromista. A Jo Bonobo le encanta jugar con ella a Piratas, aunque siempre acabe ganando Ysée.

JO

Just as Jo Bonobo was about to lose to Ysée Chimpanzee once again, they hear a deafening noise. Have they woken up the forest monsters? They notice Karlito the squirrel, sitting on a tree branch. He signals to them to climb to the treetop so they can see what is happening.

Alors que Jo Bonobo vient une fois encore de se faire désarmer par Ysée Chimpanzé, un bruit assourdissant retentit. Ont-ils réveillé les monstres de la forêt ? Ils voient Karlito l'écureuil sur une branche ; il leur fait signe de grimper à la cime des arbres pour observer ce qu'il se passe.

Justo cuando Jo Bonobo estaba a punto de ser vencido por su amiga una vez más, escucharon un ruido ensordecedor. ¿Habrán despertado a los monstruos del bosque? Desde lo alto de una rama, Karlito La Ardilla les indica cómo subir a la copa de los árboles para averiguar qué ocurre.

Jo Bonobo and Ysée Chimpanzee recall the tales of the old wizard Gorilla and his omen: “Some day, monsters will come and destroy our forest but a fairy will save us.”

Jo Bonobo et Ysée Chimpanzé se souviennent des contes du vieux sorcier Gorille et de ses prédictions : « Un jour, des monstres viendront détruire notre forêt mais une fée nous sauvera. »

Ysée Chimpancé y Jo Bonobo recuerdan los cuentos del viejo mago Gorila y su profecía: “Un día, unos monstruos destruirán nuestro bosque, pero un hada vendrá a salvarnos”, aseguraba.

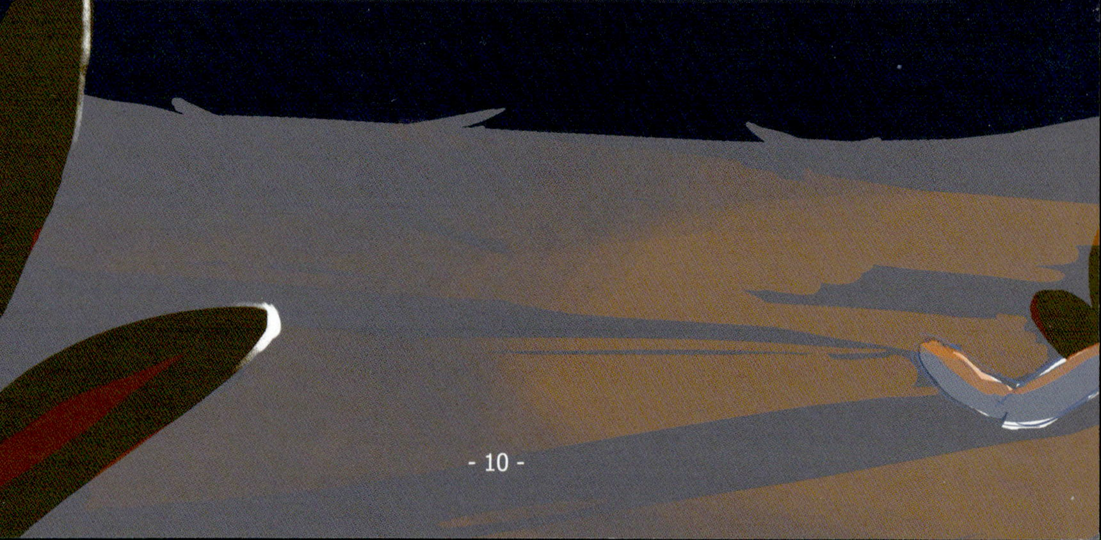

In the distance, they notice the evil bat Roussette. She flies over to the monsters, knocks off one of their caps and draws their attention to a beautiful tree. It is Jo Bonobo's favorite, the one where he built his tree house.

Au loin, ils aperçoivent la méchante chauve-souris Roussette. Elle s'approche des monstres, fait tomber la casquette de l'un d'eux, et attire leur regard vers un arbre magnifique. C'est le préféré de Jo Bonobo, celui dans lequel il a construit sa cabane.

Lejos, ven acercarse al malvado murciélago Roussette. Vuela hacia los monstruos, le quita la gorra a uno de ellos y los atrae hacia un hermoso árbol. Es el favorito de Jo Bonobo, en el que construyó su cabaña.

The monsters are enchanted by the majestic tree and begin to cut it down with their machine. It collapses and so does Jo Bonobo's house! What a dreadful scene! The evil bat Roussette beams with joy.

Les monstres sont émerveillés par cet arbre majestueux et commencent à le couper avec leur machine. Il s'effondre et la cabane de Jo Bonobo avec ! C'est une vision insoutenable ! La méchante chauve-souris Roussette jubile.

Los monstruos están encantados con este majestuoso árbol. Empiezan a cortarlo con una máquina y, a los pocos minutos, se derrumba junto con la cabaña de Jo Bonobo. ¡Qué imagen tan horrible! El malvado Roussette estalla de alegría.

The two friends are very angry at the monsters. But they are also intrigued by them and decide to follow them. “Look, I found a hiding place in the truck over there!” says Ysée Chimpanzee.

Les deux amis sont très remontés contre ces monstres. Intrigués, ils décident de les suivre. « Regarde, j’ai trouvé une cachette dans ce camion ! » s’écrie Ysée Chimpanzé.

Los dos amigos están enfadadísimos con los monstruos. Intrigados, deciden seguirlos. “¡Mira! He encontrado un escondite en el camión”, afirma Ysée.

716

The truck stops in front of a giant machine which is making smoke. The monsters appear to be throwing the trees into it. “Look!” whispers Jo Bonobo, “notebooks and wooden chairs are coming out the other side. They are transforming the forest!”

Le camion arrive devant une machine géante qui fait de la fumée. Les monstres font rentrer les arbres d’un côté. « Regarde ! chuchote Jo Bonobo, des cahiers et des chaises en bois sortent par l’autre côté. Ils transforment la forêt ! »

El camión se detiene delante de una máquina gigantesca que echa humo. Los monstruos están metiendo los árboles en su interior. “¡Mira! susurra Jo Bonobo. Por el otro lado salen libretas y sillas de madera. ¡Están transformando el bosque!”

Suddenly, a girl approaches them. “Hello, I’m Roxana the Fairy. What are you doing here?” she asks. She seems to speak the language of the great apes.

Soudain, une fille vient à leur rencontre. « Bonjour, je suis la fée Roxana, que faites-vous là ? » leur demande-t-elle. Elle semble connaître la langue des grands singes.

De pronto, una chica se acerca a ellos. “Hola, soy el Hada Roxana. ¿Qué hacéis aquí?” pregunta. El hada parece conocer el idioma de los grandes simios.

"Come, follow me. I'll show you to my magic shed!" She leads them through a back door. They are a little nervous.

« Venez, suivez-moi, je vais vous faire découvrir mon atelier de magie ! » Elle les fait passer par une porte dérobée. Ils ne sont pas très rassurés.

"¡Venid! ¡Seguidme! ¡Os voy a enseñar mi taller de magia!" El hada los guía a través de una puerta trasera. Están algo nerviosos…

ROXANA's

“My father is the chief of the lumberjacks, his job is to cut trees down and transform them for the people of the city”, she explains, “but I hate it. I am a fairy and I know many magic tricks to avoid cutting down your trees!”

« Mon père est le chef des bûcherons. Son travail est de couper les arbres et de les transformer pour les gens de la ville, raconte-t-elle, mais moi je déteste ça. Je suis une fée et je connais plusieurs tours de magie pour ne plus couper vos arbres ! »

“Mi padre es el jefe de los leñadores. Su trabajo es cortar árboles y transformarlos para la gente de la ciudad, dice Roxana. Pero no me convence esta labor. ¡Soy un hada y conozco un montón de trucos para no talar vuestros árboles!”

"Come have a look! I transform old drawings and newspapers by soaking them in water. This magic trick is called RECYCLING. If we all do this, we don't have to cut down new trees to make paper. Isn't it magic?"

« Venez voir ! Je transforme les vieux dessins et journaux en nouveaux papiers en les trempant dans l'eau. Ce tour de magie s'appelle le RECYCLAGE, pas besoin d'abattre de nouveaux arbres pour faire du papier, c'est magique non ? »

"Venid a ver. Transformo viejos dibujos y periódicos antiguos, sumergiéndolos en agua. Este truco de magia se llama RECICLAJE. Gracias a él, no necesitamos cortar más árboles para fabricar papel. ¿A que es mágico?"

But Roussette the bat has more than one trick up her sleeve. She catches the big chief's attention by toppling over a bunch of tools by the shed. He then notices the two great apes and walks towards them, furious, an ax in hand. "Roxana, what are you doing here? And you, wild beasts, don't move!"

Mais la chauve-souris Roussette a plus d'un tour dans son sac. Elle attire le grand chef des bûcherons vers l'atelier en renversant un tas d'outils. Il aperçoit alors les deux grands singes et arrive furieux, une hache à la main. « Roxana, que fais-tu là ? Et vous, les bêtes sauvages, pas un geste ! »

Pero el murciélago Roussette tiene otro as bajo la manga. Consigue atraer la atención del jefe de los leñadores, que se dirige hacia el taller. Al entrar, tira un montón de herramientas. Entonces, ve a los dos grandes simios y camina furioso hacia ellos, con el hacha en mano. "Roxana, ¿qué haces aquí? pregunta. Y vosotros, bestias salvajes, ¡no se os ocurra moveros!" grita a los simios.

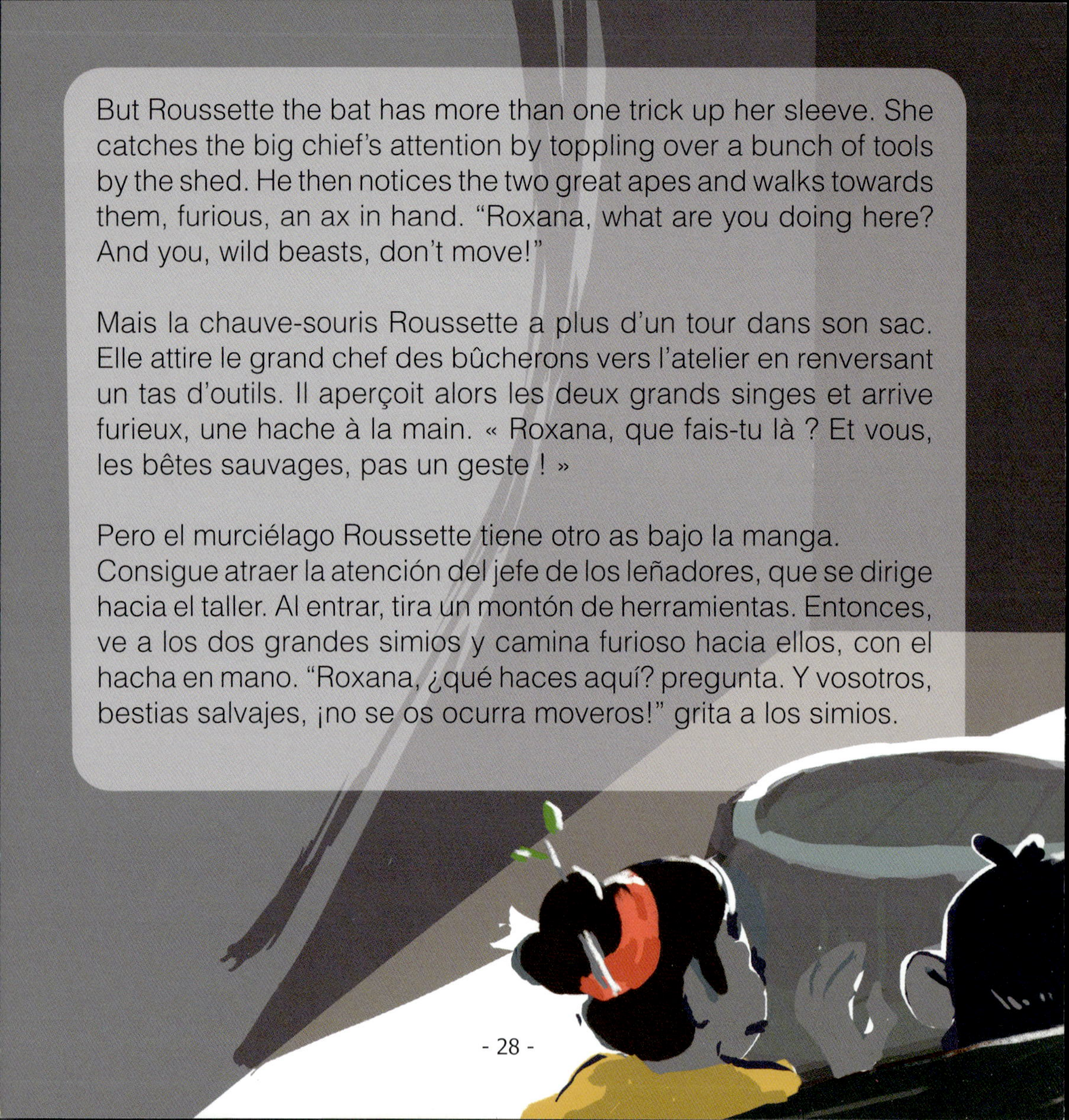

“Nooooo, don’t attack them, they are my friends!” Roxana shouts. “Dad, your lumberjacks have destroyed valuable trees today, among them was Jo Bonobo’s tree house. Soon, he and his family will be homeless.”

« Nooooon, ne les attaque pas, ce sont mes amis ! crie Roxana. Papa, tes bûcherons ont détruit un arbre précieux aujourd’hui, celui dans lequel se trouvait la cabane de Jo Bonobo. Bientôt, sa famille et lui n’auront plus de maison. »

“¡Nooooo! ¡No los ataques! ¡Son mis amigos!” grita Roxana. “¡Papá! Hoy, tus leñadores han destruido valiosos árboles. Entre ellos, el que albergaba la cabaña de Jo Bonobo. Él y su familia se han quedado sin hogar”, explica.

“What? They touched the primary forest? This is strictly forbidden, I’m going to give them a piece of my mind! Being a lumberjack may be in our blood but we would never destroy the habitat of the great apes! Can you tell me what is going on?”

« Comment ? Ils ont touché à la forêt primaire ? C’est strictement interdit, ils vont m’entendre ! Dans notre famille, nous sommes bûcherons de père en fils mais jamais nous ne détruirons l’habitat des grands singes ! Peux-tu m’expliquer ce qu’il se passe ici ? »

“¡¿Cómo?! ¿Tocaron el bosque primario? ¡Eso está estrictamente prohibido! ¡Me van a escuchar! ¡Somos una familia de leñadores desde hace varias generaciones, pero jamás hemos destruido el hábitat de los grandes simios! ¿Podrías explicarme qué está pasando?” dice el padre del hada.

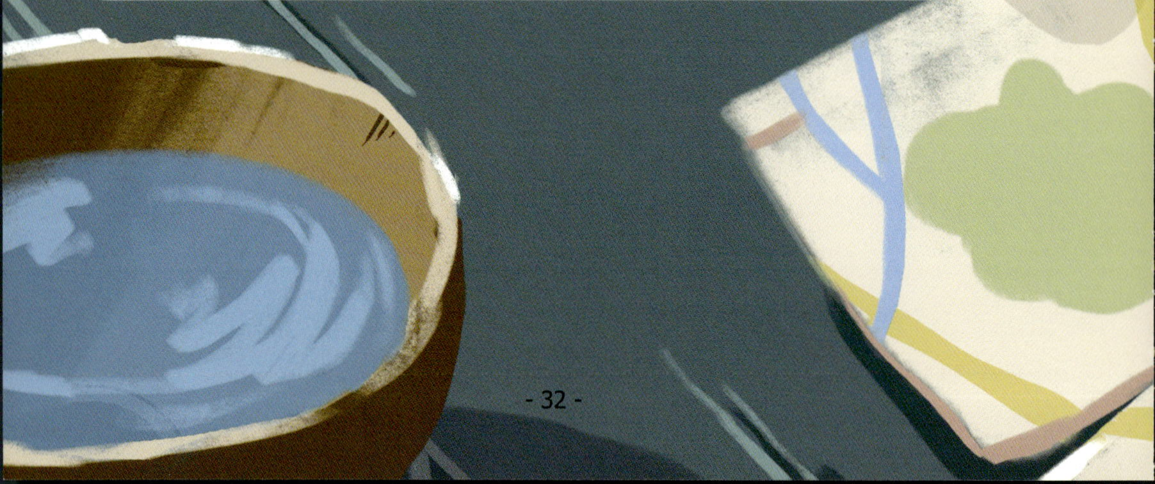

“Daddy, watch, I learnt a new magic trick at Fairy School! When I grow up, I want to build a Recycling Castle. Instead of using trees, we could collect old drawings, newspapers, cardboard and wrapping. Then a machine will transform them into brand new paper!”

« Papa, regarde le tour de magie que j’ai appris à l’école des fées ! Quand je serai grande, je veux construire le Château du Recyclage. Au lieu de transformer les arbres, nous pourrons collecter les vieux dessins, journaux, cartons et emballages. Ensuite, une machine les transformera en papier tout neuf ! »

“¡Mira papá! He aprendido un truco de magia en la Escuela de las Hadas. ¡Cuando sea mayor quiero construir el Castillo del Reciclaje! En lugar de emplear árboles, recogeremos dibujos viejos, periódicos antiguos, cartones usados y envases utilizados. Después, una máquina los transformará en papel nuevo.”

"My dear girl, you're really magical. That's a great idea and it's very easy too! We'll talk about it soon. But first, we need to do something about all this. I will send my lumberjacks to replant trees and rebuild Jo Bonobo's tree house. Let's go apologize to him and his family."

« Ma fille, tu es vraiment magique, c'est une excellente idée et c'est très facile en plus ! Nous allons en reparler prochainement. Mais tout d'abord, nous devons réparer cette grave bêtise. Je vais envoyer mes bûcherons replanter des arbres et reconstruire la cabane de Jo Bonobo. Allons leur présenter nos excuses ! »

"¡Hija mía! Eres realmente mágica. ¡Se trata de una gran idea y, además, sencilla! Pronto hablaremos sobre ello. Pero antes, tenemos que solucionar el problema de la casa de Jo Bonobo. Voy a enviar a mis leñadores para que vuelvan a plantar árboles y reconstruyan la cabaña de tu amigo. ¡Vayamos a disculparnos ante su familia!"

The next day, the lumberjacks go visit Jo Bonobo. Roxana the Fairy is there too. They bring tools to plant bushes. The trees will take time to grow, but thanks to the rain and the sun, they should grow fast.

Le lendemain, les bûcherons viennent rendre visite à Jo Bonobo. La fée Roxana est là aussi. Ils sont venus avec des outils pour planter des arbustes. Ces arbres mettront du temps à pousser, mais grâce à la pluie et au soleil, ils devraient grandir vite.

Al día siguiente, los leñadores fueron a visitar a Jo Bonobo. El Hada Roxana también estaba allí. Llegaron con las herramientas necesarias para plantar arbustos. Estos nuevos árboles tardarán un tiempo en crecer, pero lo harán rápido gracias a la lluvia y al sol.

The chief of the lumberjacks arrives and asks Roxana to tell them the big news: “We have decided to rebuild a new tree house for Jo Bonobo! And there will even be a worm dispenser for your little snacks!”

Le chef des bûcherons arrive et demande à Roxana d’annoncer une grande nouvelle : « Nous avons décidé de reconstruire une nouvelle cabane pour Jo Bonobo ! Et il y aura même une réserve à vers de terre pour les petits creux ! »

El jefe de los leñadores llega y pide a Roxana que anuncie la gran noticia: “Hemos decidido construir una nueva cabaña para Jo Bonobo. ¡E, incluso, habrá un dispensador de lombrices para poder picar!” explica el hada.

Roxana and her father are then invited by Jo Bonobo's family to a special tasting of forest products. "Thank you, we will be back to see you soon. Have fun with your new pirate tree house!" says Roxana, "and come back to visit our future Recycling Castle when it is done!"

Roxana et son papa sont invités par la famille de Jo Bonobo à une dégustation spéciale de produits de la forêt. « Merci beaucoup, nous reviendrons vous voir bientôt. Amusez-vous bien avec votre nouvelle cabane de pirate ! s'exclame Roxana, et revenez visiter notre futur Château du Recyclage lorsqu'il sera construit ! »

La familia de Jo Bonobo invita a Roxana y a su padre a una degustación especial de productos del bosque. "Muchas gracias. Nos volveremos a ver muy pronto. ¡Diviértete con tu nueva cabaña pirata!" exclama Roxana. "Y venid a visitar nuestro futuro Castillo del Reciclaje, cuando esté construido."

Parent-child corner
Coin parents-enfants
Rincón padres-hijos

P-WAC
Project for Wildlife and Apes Conservation

The great apes
Les grands singes / Los grandes simios

The great apes are our closest cousins. In addition to sharing our genetic heritage, they have their own culture, make and use tools. In the wild, chimpanzees, bonobos and two species of gorillas live in Africa, while orangutans are found in Asia. But wherever they live, all species of great apes are in danger of extinction mainly because of human activities (deforestation, illegal hunting, disease transmission). It is estimated that only 300 to 400,000 great apes remain on Earth, hence the importance of acting as quickly as possible to preserve them. More information on **www.p-wac.org**

Les grands singes sont nos plus proches cousins. En plus de partager notre patrimoine génétique, ils ont comme nous une culture propre, fabriquent et utilisent des outils. A l'état sauvage, les chimpanzés, les bonobos et les deux espèces de gorilles vivent en Afrique, alors que les orang outans se trouvent en Asie. Mais où qu'elles vivent, toutes les espèces de grands singes sont en danger d'extinction principalement à cause des activités humaines (déforestation, chasse illégale, transmission de maladies). On estime qu'il ne reste plus que 300 à 400 000 grands singes sur Terre, d'où l'importance d'agir au plus vite pour les préserver. Plus d'info sur **www.p-wac.org**

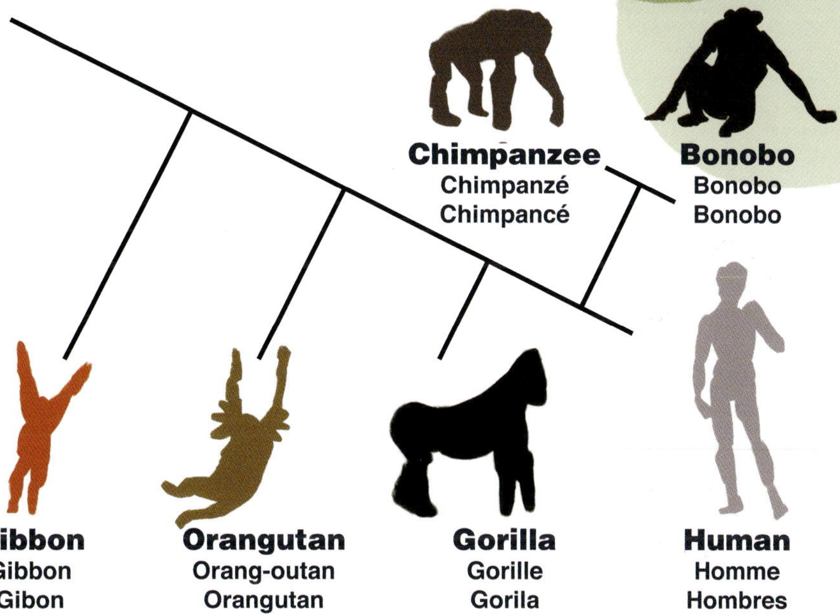

Los grandes simios son nuestros primos más cercanos. Además de compartir con nosotros la misma herencia genética, tienen su propia cultura: fabrican y utilizan herramientas. En estado salvaje, los chimpancés, los bonobos y dos especies de gorilas viven en África, mientras que los orangutanes residen en Asia. Pero dondequiera que habiten, todas estas especies se encuentran en peligro de extinción, debido –en gran parte– a diferentes actividades humanas, como la deforestación, la caza ilegal o la transmisión de enfermedades. Se estima que sólo quedan entre 300 y 400.000 grandes simios en la Tierra. Unos datos que demuestran la importancia de actuar rápidamente para que puedan sobrevivir. Más información en **www.p-wac.org**

P-WAC is an association protecting chimpanzees in Congo. They provided support for this section of the book. Get in touch with P-WAC for more info on great apes!

Parent-child corner
Coin parents-enfants
Rincón padres-hijos

The deforestation
La déforestation / La deforestación

What is deforestation? What is a primary forest ?

Deforestation means clearing of forests by cutting down trees that will no longer grow naturally.
A primary forest is a forest that has never been exploited or disturbed significantly by humans.

What are the consequences of this deforestation?

Animals are hunted from their natural habitat and find it difficult to find food. Humans are not spared either because forests absorb some of the greenhouse gases emitted by cars or factories, among others.
If there are fewer forests, these gases will remain in the atmosphere. The problem is that they are responsible for global warming.

What can I do on a daily basis?

• Do not waste paper and use the back of sheets already printed as drafts.
• Use handkerchiefs, towels and tea towels instead.
• Recycle paper and cardboard.
• Avoid eating food that contains palm oil.
• The logos above guarantee the protection of forests. Before buying products made of wood, paper or cardboard, make sure that these logos appear on their packaging!

Qu'est-ce que la déforestation ? Qu'est-ce que la forêt primaire ?

Quand on réduit la taille des forêts en coupant les arbres qui n'y repousseront plus naturellement, on parle de déforestation. Une forêt primaire est une forêt jamais exploitée ni influencée par l'homme.

Quelles sont les conséquences de cette déforestation ?

Les animaux sont chassés de leur habitat naturel et ont du mal à trouver de la nourriture. Les humains ne sont pas épargnés non plus car les forêts absorbent une partie des gaz à effet de serre que rejettent, entre autres, les voitures et les usines.
S'il y a moins de forêts, ces gaz resteront dans l'atmosphère. Le problème, c'est que ce sont eux les responsables du réchauffement de la Terre.

FSC PEFC

Que puis-je faire au quotidien ?

• Ne gaspille pas le papier et sers-toi du verso des feuilles déjà imprimées comme brouillons.
• Utilise plutôt des mouchoirs, des serviettes et des torchons en tissu.
• Recycle le papier et le carton.
• Évite de manger des aliments qui contiennent de l'huile de palme.
• Les logos ci-dessus garantissent la protection des forêts. Avant d'acheter des produits en bois, en papier ou en carton, vérifie qu'ils figurent sur les emballages !

¿Qué es la deforestación? ¿Qué es el bosque primario?

Hablamos de deforestación para referirnos al proceso por el que se reduce drásticamente el tamaño de los bosques debido a la tala de árboles.

Un bosque primario es aquel que nunca ha sido explotado o no ha estado influenciado por el ser humano.

¿Cuáles son las consecuencias de la deforestación?

Los animales están perdiendo su hábitat natural, por lo que deben luchar mucho más para conseguir comida y poder sobrevivir. Además, los humanos tampoco están a salvo. Al fin y al cabo, los bosques absorben los gases de efecto invernadero producidos, entre otros, por automóviles y fábricas. Si hay menos árboles, estas emisiones contaminantes –responsables del cambio climático– permanecerán en la atmósfera, aumentando la temperatura de la Tierra.

¿Qué puedo hacer yo en mi vida cotidiana?

• No malgastes papel y utiliza como borrador el dorso de las hojas ya impresas.
• Usa pañuelos, servilletas y toallas de tela.
• Recicla el papel y el cartón.
• Evita el consumo de alimentos que contengan aceite de palma.
• Los logotipos incluidos en esta página garantizan la protección de los bosques. Antes de comprar productos fabricados con madera, papel o cartón, comprueba que aparezcan en sus embalajes

© Published by | Edité par | Editado por
Jarvin Crew
71 boulevard de la mer F-64700 Hendaye
&
111 rue des bains F-01220 Divonne-les-Bains

Scenario by | Scénario par | Guión realizado por Family Jarvin
Illustrations | by Illustrations par | Diseño e ilustraciones por Tristan Jaudeau
Translated in English by Sarah Cumberland («European Commission» English style)
Traducido al castellano por Julio Martínez García

Printed in France on PEFC certified paper with vegetable-based ink by Book Spirit.
Registered trade mark by Imprimerie Chirat, labeled Imprim'Vert.
Imprimé en France sur du papier intérieur certifié PEFC avec des encres végétales par Book Spirit.
Marque déposée par l'Imprimerie Chirat, labellisée Imprim'Vert.
Impresión realizada en Francia en papel certificado por PEFC y con tintas vegetales respaldadas por Book Spirit. Libro registrado por Imprimerie Chirat y etiquetado como Imprim'Vert.

Imprimerie Chirat - Book Spirit
744 Rue de Sainte-Colombe 42540 Saint-Just-la-Pendue France

Tirage achevé en octobre 2018
Loi n°49-956 du 16 juillet 1949 sur les publications destinées à la jeunesse,
modifée par la loi n°2011-525 du 17 mai 2011
Dépôt légal : octobre 2017